D1120125

A mis dos polluelos Álvaro y Jorge, que abren mis ojos ante la alegría del instante.
- Marta Zafrilla -

Impermeable y resistente.
Producido sin agua, sin madera y sin cloro.
Ahorro 50% de energia.

Los dientes de Trino Rojo
© 2017 del texto: Marta Zafrilla
© 2017 de las ilustraciones: Sonja Wimmer
© 2017 Cuento de Luz SL
Calle Claveles, 10 | Urb. Monteclaro | Pozuelo de Alarcón | 28223 | Madrid | Spain
www.cuentodeluz.com
ISBN: 978-84-16733-29-3
Impreso en PRC por Shanghai Chenxi Printing Co., Ltd. febrero 2017, tirada número 1663-2
Reservados todos los derechos

Marta Zafrilla

Sonja Wimmer

«¡Julia,
lávate los dientes,
que si no te van a salir caries!»,
grita la mamá de Julia.

Yo, que soy un pájaro que cuida de su salud, me digo que esas caries deben de ser horribles, pues todos los días insiste mucho en el tema. Lo tengo claro: yo no quiero tener una de esas caries en mis dientes.

Observo atentamente a Julia
cepillándose y no me queda
clara una cosa: ¿cómo se lavan
los dientes los pájaros?

Busco en la enciclopedia pero no encuentro nada. ¡Yo no quiero que se me estropeen los dientes por no cuidarlos bien! Porque ya lo dice la mamá de Julia: los dientes son para toda la vida. Busco y busco pero no encuentro nada ni en los libros ni en Internet.

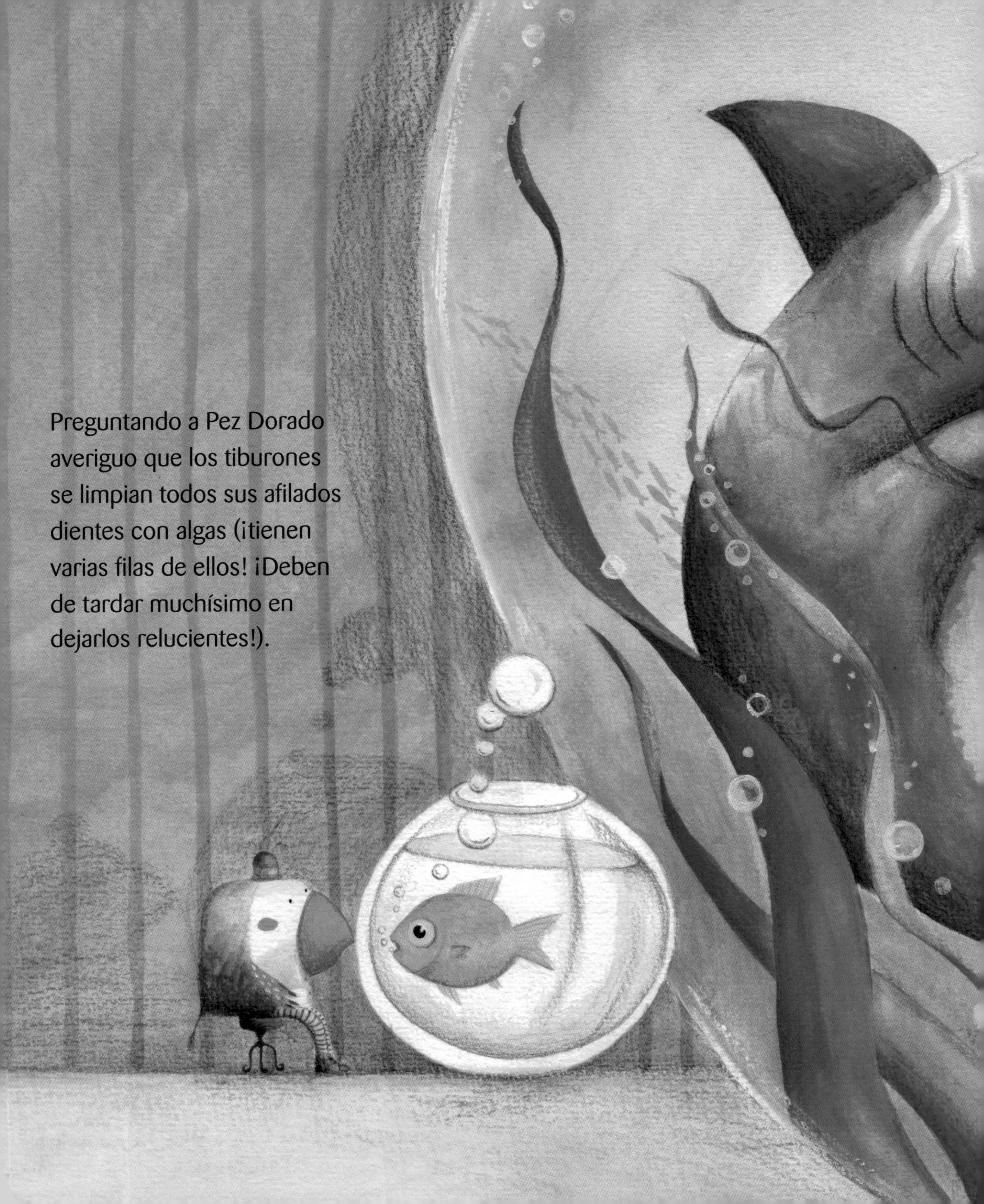

Preguntando a Pez Dorado averiguo que los tiburones se limpian todos sus afilados dientes con algas (¡tienen varias filas de ellos! ¡Deben de tardar muchísimo en dejarlos relucientes!).

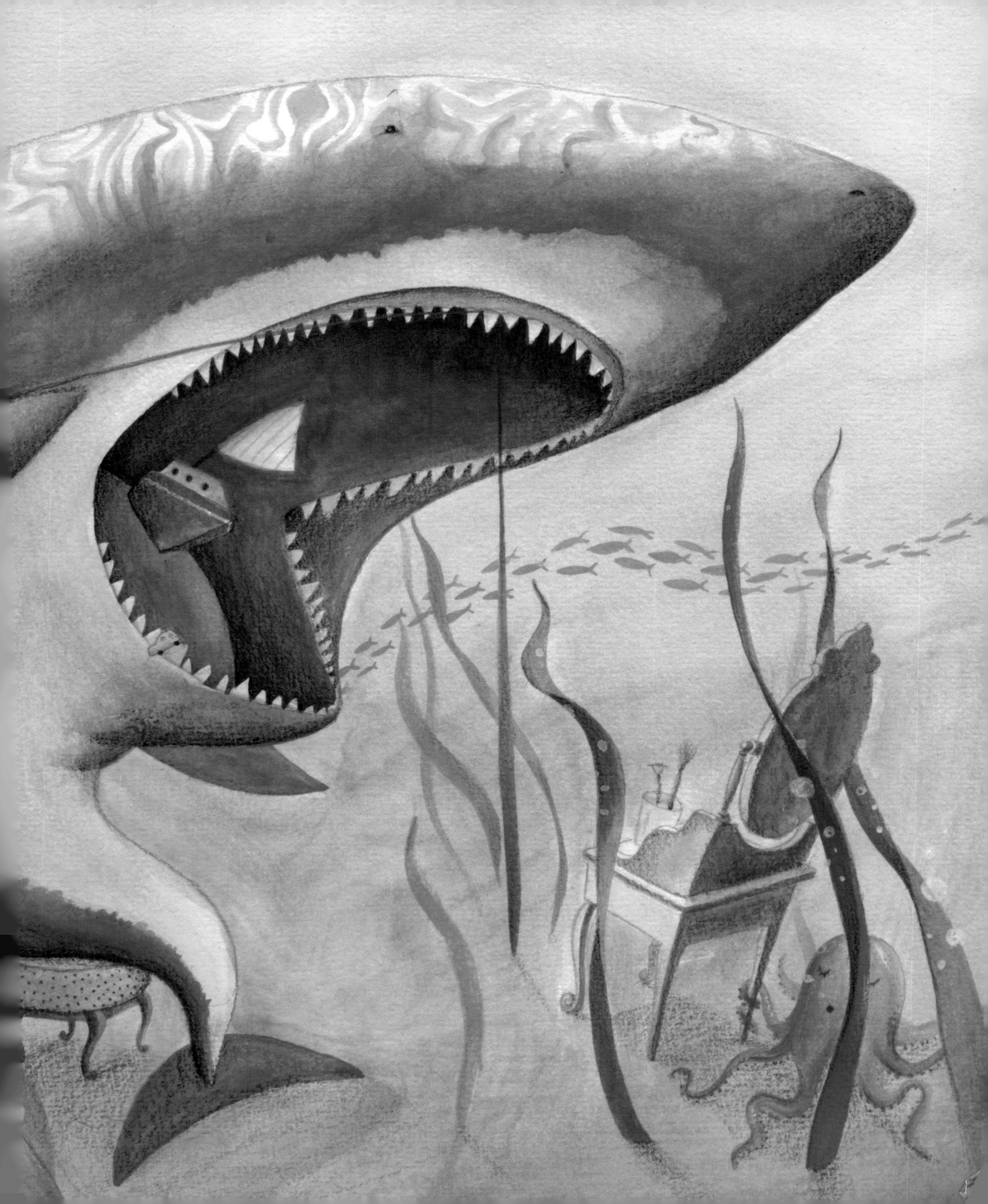

Yo entonces intento limpiarme con unos tréboles del jardín, pero se me queda el pico verde.
¡Y es peor todavía el remedio que la enfermedad!

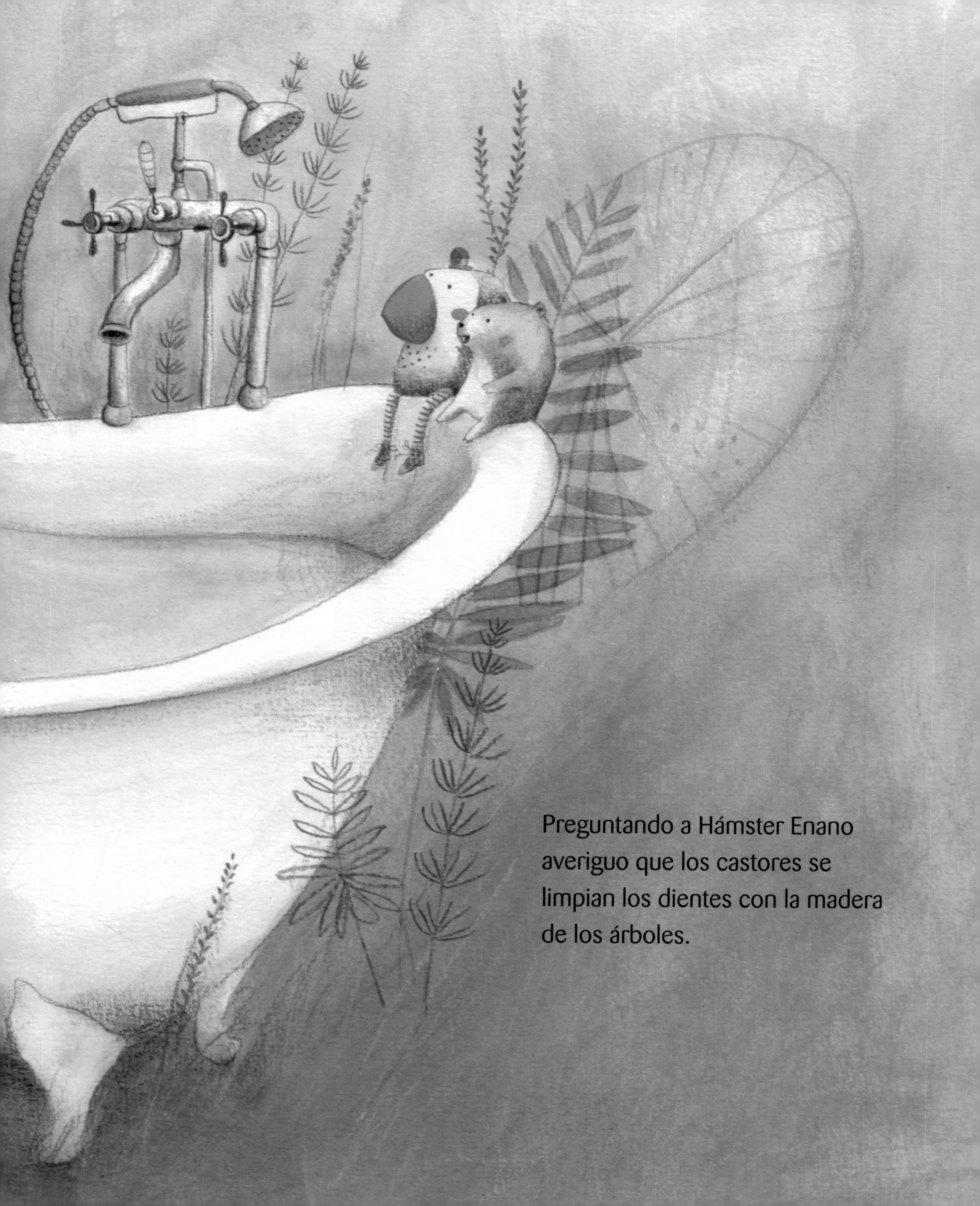

Preguntando a Hámster Enano
averiguo que los castores se
limpian los dientes con la madera
de los árboles.

Decidido, froto el pico
con la mesa de la cocina,
pero solo logro hacerme
daño, ¡ay!, y ganarme
una tremenda mirada de
espanto de la mamá de Julia
con grito incluido: ¡ey!

Preguntando a Pequeña Hormiga averiguo
que los saltamontes limpian sus dientes de
sierra cortando flores.

Yo entonces pruebo con las preciosas orquídeas que adornan el salón. Solo consigo volcar la maceta y que el papá de Julia ponga una tremenda cara de espanto al ver toda la tierra derramada. ¡Oh, oh!

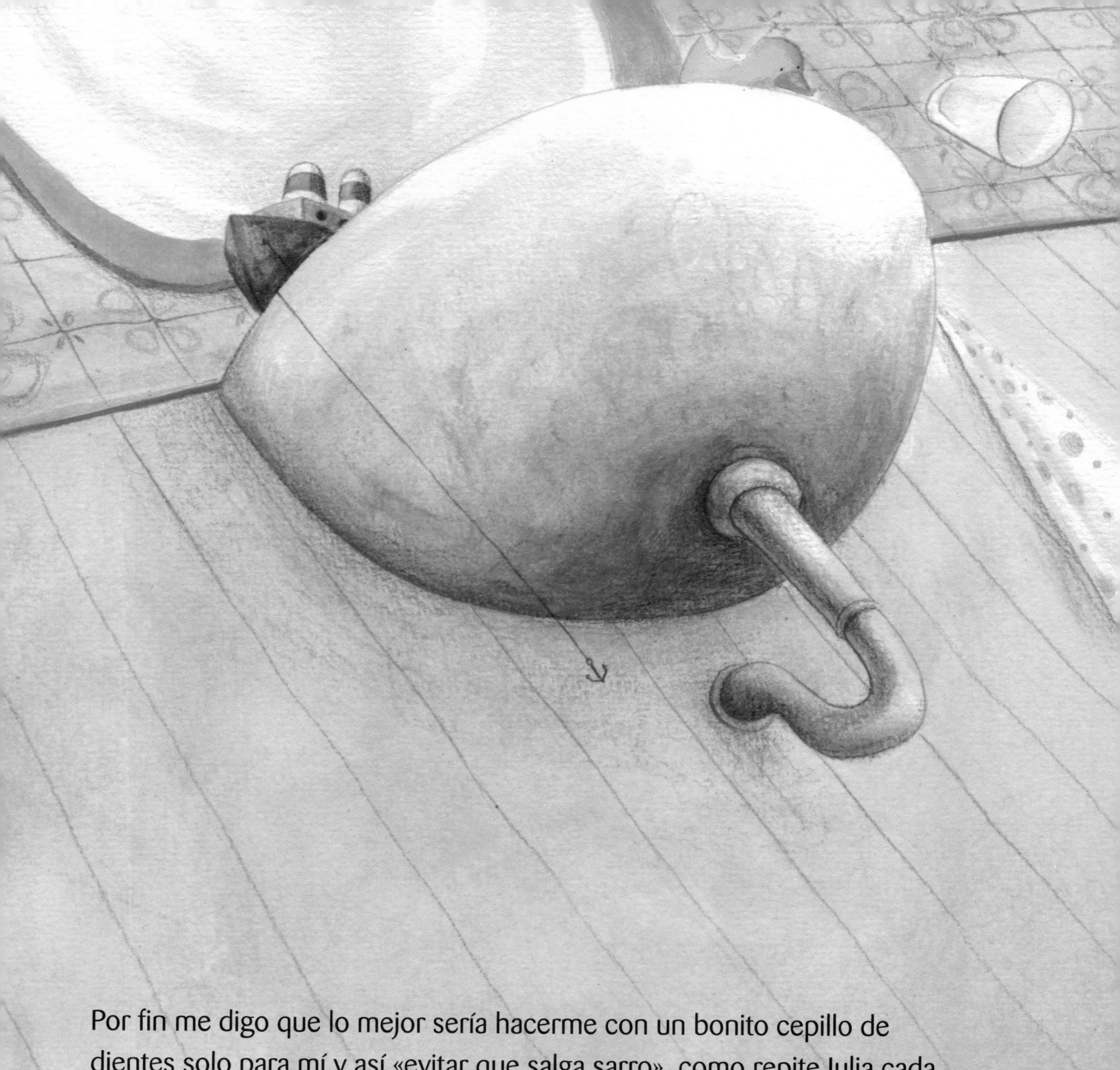

Por fin me digo que lo mejor sería hacerme con un bonito cepillo de dientes solo para mí y así «evitar que salga sarro», como repite Julia cada vez que se cepilla. Así que voy al cuarto de baño e intento agarrar uno del botecito. Pero mi pico es torpe asiendo cosas y... ¡Plof! ¡Los tiro todos! ¡Qué estropicio!

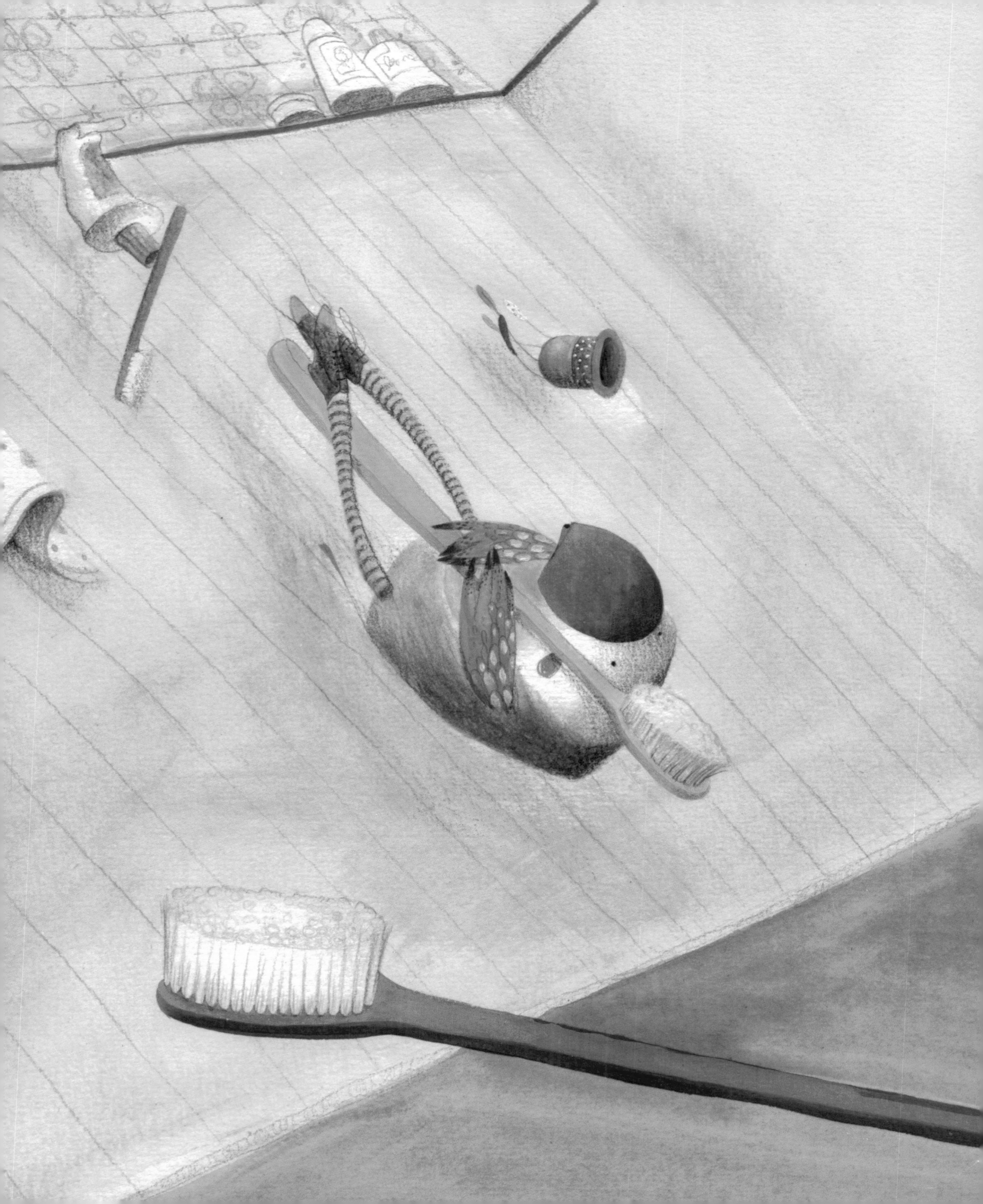

Julia llega alertada por el estruendo.
«¿Qué haces, Trino Rojo? ¿Es que quieres lavarte los dientes?»
Yo la miro muy contento, pues mi ama adivinó por fin lo que quiero. Pongo cara de súplica.
«Trino Rojo, tú no puedes limpiarte los dientes», me dice muy seria. «Y nunca vas a poder por la sencilla razón de que tú no tienes dientes.»

¿Que no tengo dientes?

¡No puede ser!

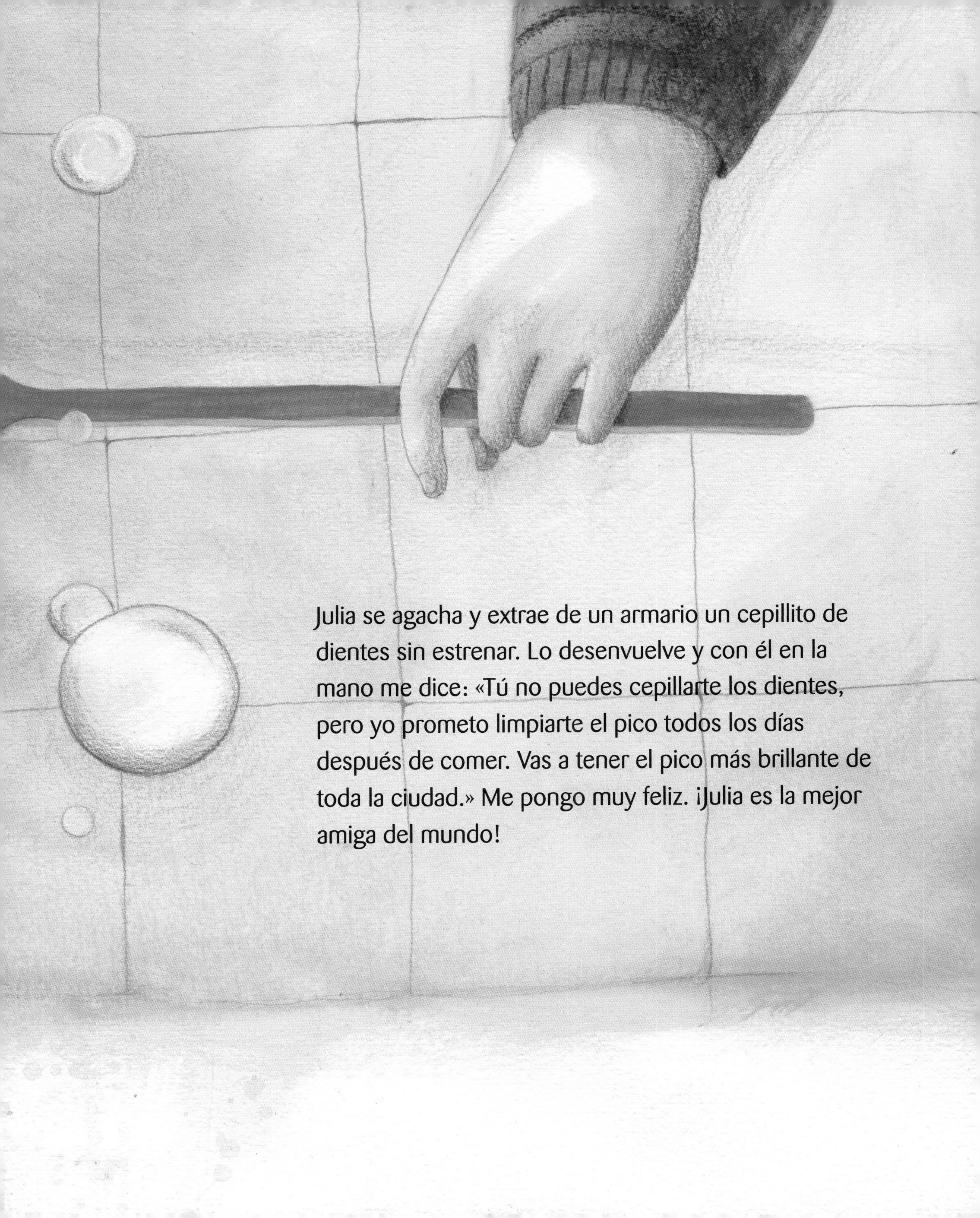

Julia se agacha y extrae de un armario un cepillito de dientes sin estrenar. Lo desenvuelve y con él en la mano me dice: «Tú no puedes cepillarte los dientes, pero yo prometo limpiarte el pico todos los días después de comer. Vas a tener el pico más brillante de toda la ciudad.» Me pongo muy feliz. ¡Julia es la mejor amiga del mundo!

WITHDRAWN

CONTRA COSTA COUNTY LIBRARY
31901060829753